Ein Mädchen aus Rußland

Russ Kendall

CARLSEN

Das ist Olga Surikowa. Eigentlich ist ihr Nachname Surikow, aber wie bei allen russischen Mädchen und Frauen wird ein »a« an den Nachnamen angehängt.

Die Surikows leben in einer Zweizimmerwohnung. Die meisten Familien in der Stadt haben nur eine Einzimmerwohnung. Olgas Eltern arbeiten sehr hart, damit sie sich die größere Wohnung leisten können. Sie haben sogar ein kleines Fernsehgerät. Viele Familien haben kein Fernsehgerät.

Olgas Vater Wladimir ist von Beruf Tischler. Um zusätzlich noch etwas Geld zu verdienen, lackiert und repariert er Autos. Ihre Mutter Elena ist Krankenschwester. Nebenbei arbeitet sie noch in einem Touristenhotel. Iwan, Olgas Bruder, ist zehn Jahre alt. Tschina heißt ihr Hund.

Die Surikows leben in Susdal, einer kleinen Stadt in Rußland, 240 Kilometer von Moskau, der Hauptstadt Rußlands, entfernt. Susdal ist beinahe 1000 Jahre alt. Über 10 000 Menschen leben dort – Kriegsveteranen, Tänzer, Polizisten, Lehrer, Handwerker, Bauern und viele mehr. Im Sommer ist es in Susdal warm und sonnig, im Winter wird es sehr kalt, und es schneit. Die Surikows leben schon seit vielen Generationen in Susdal.

Quer durch die Stadt fließt der Fluß Kamenka. Bei schönem Wetter versammeln sich oft Kunststudenten am Fluß, um die Ansicht der Stadt zu zeichnen. Alte Frauen waschen ihre Wäsche am Ufer. Elena macht all ihre Wäsche zu Hause in der Badewanne.

Rußland ist das größte Land der Welt. Es ist fast zweimal so groß wie die Vereinigten Staaten von Amerika. Wenn man ganz Rußland einmal durchquert, fährt man durch elf Zeitzonen. Wenn man in den USA von New York nach Kalifornien fährt, kommt man durch vier Zeitzonen.

Anfang September kommt Olga in die dritte Klasse. Vor ihrer Lehrerin Lydia Michailowna Pankratowa hat Olga immer ein bißchen Angst, weil sie so streng ausschaut. Lesen und Schreiben macht Olga Spaß, aber sie hat noch Probleme mit dem Rechnen. Dann hofft sie, daß Lydia Michailowna sie nicht aufruft. Zweimal in der Woche hat die ganze Klasse Englischunterricht. Olga freut sich schon sehr darauf. In Büchern und im Fernsehen hat sie Bilder von Amerika gesehen, und sie träumt davon, eines Tages einmal dorthin zu fahren.

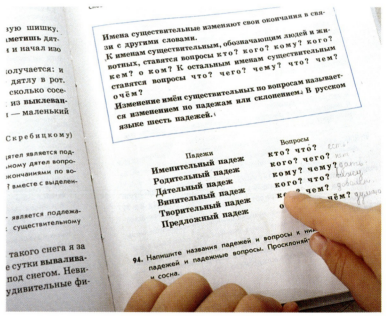

Die Menschen in Rußland benutzen kyrillische Buchstaben. Die meisten sehen ganz anders aus als zum Beispiel deutsche Buchstaben, ein paar jedoch sehen gleich aus. Einige kyrillische Buchstaben stammen aus dem griechischen Alphabet.

Am Vormittag hat Olgas Klasse eine kurze Pause. Die Schüler treffen sich auf dem Flur. Olga freundet sich mit Nina und Ulla an, die neu an der Schule sind. Nina erzählt den anderen, daß ihre Mutter in der vergangenen Nacht einen Fuchs im Garten gejagt hat, und daß sie ihn mit einem Stock geschlagen hat, bis er tot war. Aber als Nina heute morgen nachsehen wollte, war er verschwunden. Ulla meint, der Fuchs habe sich bestimmt nur totgestellt. In dem Moment ruft Lydia Michailowna die Schüler in den Klassenraum zurück.

Nachdem alle wieder auf ihren Plätzen sitzen, ruft Lydia Michailowna Olga an die Tafel. Sie soll eine Rechenaufgabe lösen. Olga ist sehr aufgeregt, aber sie löst die Aufgabe richtig.

Nach der Schule besuchen Olga und Iwan ihre Babuschka. Das ist russisch und bedeutet »Großmutter«. Babuschka lebt auf einem kleinen Bauernhof in der Nähe der Stadt.

Während sie hinaus auf die Weide gehen, um die Kühe zu melken, erzählt Olga Babuschka von dem Fuchs. Die Großmutter sagt, Füchse seien sehr schlau. Sie erzählt den Kindern eine alte russische Sage über einen schlauen Fuchs.

Nach dem Melken helfen Olga und Iwan der Großmutter, die Milch durch ein Tuch zu gießen, damit Grashalme, die vielleicht in die Kanne gefallen sind, nicht mit in die Flasche geraten. Sie holen Kohl, Kartoffeln und Petersilie aus dem Garten. Olga sammelt bei den Hühnern die weißen Eier aus den Nestern.

Am liebsten mag Olga die süßen grünen Äpfel, die auf den Bäumen hinten im Garten ihrer Großmutter wachsen. In diesem Jahr tragen die Bäume so viele Äpfel, daß Babuschka das Obst in einem Zimmer im Haus lagert. Die Familie wird die Äpfel und das Gemüse aus dem Garten einkochen, so daß sie davon den ganzen Winter über zu essen haben.

Am Abend, als Olga ihre Hausaufgaben gemacht hat, fragt Wladimir sie, wie ihr der erste Schultag gefallen hat. Olga erzählt von Lydia Michailowna und ihren neuen Freundinnen. Sie erzählt, wie schwer sie das Rechnen fand und daß sie später nach Amerika fahren möchte.

Wladimir verspricht ihr, daß er einmal mit ihr nach Amerika fahren wird, wenn sie in der Schule gut aufpaßt und gute Noten bekommt. Er schlägt vor, daß sie jeden Tag mindestens eine Stunde etwas für die Schule tut.

Wladimir geht morgens sehr früh zur Arbeit. Er baut Tische und Stühle in einer Tischlerei in der Nähe der Wohnung. Manchmal besucht Iwan seinen Vater nach der Schule in der Werkstatt. Er weiß schon sehr viel über die Arbeit eines Tischlers. Heute zeigt ihm sein Vater, wie man an der Drehbank arbeitet. Iwan kneift die Augen zusammen, als ihm die feinen Sägespäne ins Gesicht fliegen.

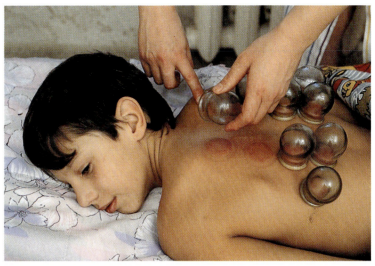

Elena ist zwar Krankenschwester, aber sie arbeitet nicht im Krankenhaus, sondern zu Hause in ihrer Wohnung. Wenn Kinder krank werden oder wenn sie husten, kommen die Eltern mit ihnen in die Wohnung der Surikows. Manchmal »schröpft« sie sie. Das ist ein altes russisches Hausmittel. Die Kinder müssen sich auf den Bauch legen, und Elena setzt ihnen kleine heiße Glaspfropfen auf den Rücken. Während die Glaspfropfen abkühlen, saugen sie sich auf der Haut fest. Elena sagt, daß so das Blut gereinigt wird. Es tut nicht weh. Nach zehn Minuten nimmt sie die Glaspfropfen wieder ab, die sich jedesmal mit einem lauten »Plopp« von der Haut lösen. Die roten Kreise auf der Haut sind nach ungefähr zwei Wochen wieder verschwunden.

Olga und ihre Familie gehen nicht sehr oft zur Kirche. Das ist bei vielen jungen Familien so, auch wenn sie alle getauft sind. Die älteren Frauen dagegen gehen oft mehrmals am Tag in die Kirche. Sie entzünden Kerzen und beten für ihre Lieben. In Susdal gibt es insgesamt dreiunddreißig Kirchen, und alle sind russisch-orthodox.

Wenn Elena Gemüse braucht, das nicht in Babuschkas Garten wächst, geht sie auf den Markt. Olga macht es Spaß, ihre Mutter zu begleiten. In letzter Zeit ist das Angebot an Gemüse sehr schlecht, und das wenige, was da ist, ist oft schnell ausverkauft. Manchmal bleiben die Regale in den Geschäften ganz leer. In den großen Städten, wo die Leute selber keine Gärten haben, ist es noch schlimmer.
In Rußland bezahlt man mit Rubel. Ein Rubel sind 100 Kopeken, genau wie eine Mark 100 Pfennige sind.

Bis Oktober hat Olga jeden Abend eine Stunde lang Hausaufgaben gemacht, wie es ihr Vater gesagt hatte. Doch Wladimir meint, daß ihre Noten nicht gut genug sind. Sie soll zwei Stunden jeden Abend üben, bis sie sich verbessert hat. Olga ist wütend und traurig zugleich, sie hätte auch gern bessere Noten. Ihre Mutter nimmt sie in den Arm und tröstet sie. Olga verspricht, noch ein bißchen mehr zu lernen.

Als sie am nächsten Morgen zur Schule geht, merkt Olga, daß es über Nacht kalt geworden ist. An den Bäumen färbt sich das Laub schon bunt, und der kalte Wind bläst durch den Stoff ihrer Jacke. Olga freut sich auf den Winter, wenn sie wieder im Schnee spielen kann. Dann fällt ihr ein, was sie ihrem Vater gestern abend versprochen hat, und sie beeilt sich, zur Schule zu kommen.

In der Schule muß jeden Tag ein anderes Kind den Tisch für das Mittagessen decken. Heute ist Olga an der Reihe. Zuerst wischt sie den Tisch ab und verteilt für alle Geschirr und Besteck. Als die anderen am Tisch sitzen, bringt sie jedem eine kleine Schale mit Fischsuppe, einen Pfannkuchen mit Kräuterquark, Karottensalat und ein Stück herzhaftes dunkles Brot.

Als sie in ihr Brot beißt, merkt Olga plötzlich, daß einer ihrer Milchzähne wackelt. In den folgenden Schulstunden ist sie so sehr mit ihrem Wackelzahn beschäftigt, daß sie gar nicht mehr richtig aufpassen kann.

Nach der Schule besucht Olga ihren alten Freund Juri Jurjewitsch Jurjew. Jede Stunde läßt er im Kloster die Glocken läuten, damit alle Leute in der Stadt wissen, wie spät es ist. Olga darf ihm dabei helfen. Die Glocken läuten so laut, daß Olga sich die Ohren zuhalten muß.

Juris Eltern sind während des Zweiten Weltkrieges umgekommen, als er noch ein Kind war. Er wäre fast vor Hunger gestorben, wenn ihn nicht jemand gefunden und nach Susdal ins Kloster gebracht hätte. Die Schwestern, die sich um ihn kümmerten, gaben ihm seinen Namen. Er wuchs im Kloster auf, und nachdem er die Schule beendet hatte, kehrte er dorthin zurück, um die Glocken zu läuten.

Später zu Hause macht Olga zwei Stunden lang ihre Hausaufgaben. Danach spielt sie mit Tschina und Iwan draußen, bis es dunkel wird. Ihr Lieblingsspiel ist, auf der schmalen Mauer entlang zu balancieren und zu versuchen, sich gegenseitig aus dem Gleichgewicht zu bringen.

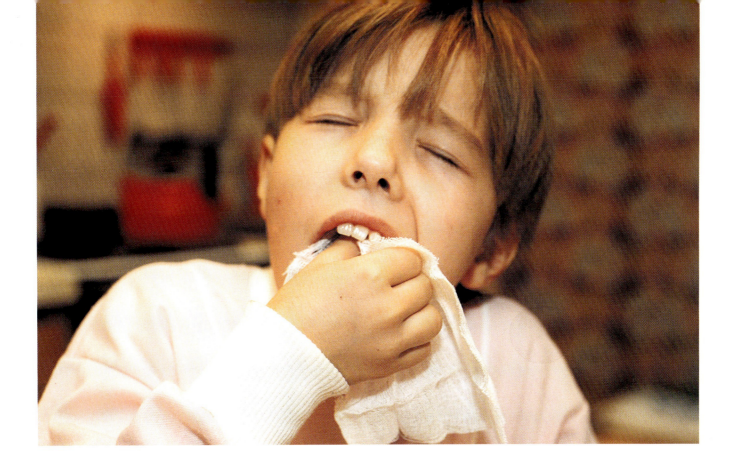

Nach dem Abendessen ist Olgas Zahn so wackelig, daß sie die Augen fest zukneift und ihn selbst herauszieht. Als sie den Zahn ihrer Mutter zeigt, erinnert Elena sie an die Zahnmaus. »Du darfst nicht vergessen, deinen Zahn unters Bett zu werfen, bevor du schlafen gehst«, sagt sie.
Bevor sie einschläft, wirft Olga ihren Zahn unters Bett und sagt: »Bitte liebe Maus, nimm meinen Zahn und bring mir einen neuen.«
Als sie am nächsten Morgen aufwacht, ist der Zahn verschwunden!

Anfang November ist das erste Schulvierteljahr zu Ende, und Olga hat ihre ersten Ferien. Überall liegt Schnee, und es ist sehr kalt draußen. An der Kamenka sitzen ein paar Männer und angeln in den Löchern, die sie ins Eis geschlagen haben.

An ihrem ersten Ferientag spielt Olga mit Iwan, Tschina und ein paar anderen Kindern aus ihrem Haus draußen im Schnee. Sie rollen dicke Schneebälle zusammen und bauen eine Schneefrau. Dann malen sie ihr mit Schminke ein Gesicht und ein Kleid. Obwohl ihr kalt ist und sie allmählich nasse Füße bekommt, bleibt Olga draußen, bis ihre Mutter ruft, sie solle ihr beim Abendessen helfen.

Heute abend bereiten Olga und Elena ein ganz besonderes Essen für Wladimir vor. Er hat nämlich Geburtstag. In Rußland kann jeder zweimal seinen Geburtstag feiern: einmal am richtigen Geburtstag und einmal am Tag des Heiligen, nach dem man seinen Namen bekommen hat. Der Namenstag des Heiligen Wladimir ist im Juli.

Während Olga die Äpfel klein schneidet, sagt Wladimir ihr, wie stolz er auf sie ist. Sie hat hart gearbeitet und in der Schule gute Noten bekommen.
Olga hat jetzt keine Angst mehr vor ihrer Lehrerin Lydia Michailowna. Aber sie ist froh, daß sie jetzt zwei Wochen Ferien hat und die Schule erst einmal weit weg ist.

Zwei russische Rezepte

Zwei von Olgas Lieblingsessen sind Borschtsch, eine Suppe aus roter Bete und Kohl, und Piroggen, russische Apfelkuchen. Jede Familie hat dafür ihre eigenen Rezepte, und sie können sehr unterschiedlich sein. Dieses sind die Rezepte, nach denen Elena Borschtsch und Piroggen kocht. Du kannst mit deinen Eltern oder mit Freunden das Geburtstagsessen kochen, das Elena und Olga für Wladimir vorbereitet haben.

Piroggen

Zutaten:
- 4 kleine Äpfel
- 3 Eier
- 1 Tasse Zucker
- 1 Tasse Mehl
- 1 Stich Butter

Zubereitung:
1. Heize den Ofen auf 200 °C vor.
2. Schneide die ungeschälten Äpfel (ohne Kerngehäuse) in kleine Stücke.
3. Verrühre die Eier, Zucker und Mehl in einer großen Schüssel.
4. Streich eine runde Springform mit der Butter aus.
5. Zuerst füllst du die Apfelstückchen in die Form.
6. Dann gibst du die Teigmasse über die Äpfel.
7. Back den Kuchen 35–40 Minuten, bis er oben goldbraun ist.

Besonders gut dazu schmeckt kalte Milch oder Vanillesoße.

Borschtsch

Zutaten:
- 3 l Wasser
- 1 Teelöffel Salz
- ½ kg Schweinefleisch ohne Knochen*
- 1 große Möhre
- 1 große rote Bete
- 1 große Zwiebel
- 3 Eßlöffel Öl
- 1 Tomate
- ¼ Weißkohl
- 3 kleine Kartoffeln
- 2 Zehen Knoblauch
- saure Sahne
- Petersilie

* Borschtsch schmeckt auch gut ohne Fleisch oder mit Rind- oder Hühnerfleisch.

Zubereitung:
1. Bring das Wasser in einem Suppentopf zum Kochen.
2. Gib einen Teelöffel Salz dazu. Schneide das Fleisch in Würfel und gib es in das kochende Wasser.
3. Während das Fleisch gart, reibst du die Möhre und die rote Bete in eine Schüssel.
4. Schneide die Zwiebel klein und gib sie zu den Möhren und der roten Bete.
5. Erhitze 3 Eßlöffel Öl in einer kleinen Pfanne.
6. Darin läßt du die Zwiebeln, Möhren und rote Bete 5 Minuten anbraten.
7. Gib das Gemüse zu dem Fleisch in das kochende Wasser. Schneide die Tomate klein und gib sie auch in das Wasser. Schneide den Kohl in feine Streifen und gib ihn dazu. Schneide die Kartoffeln klein und gib sie zu den übrigen Zutaten.
8. Schließe den Topf mit einem Deckel, schalte den Herd auf eine niedrige Stufe und laß alles 1 Stunde lang leicht kochen.

Wenn die Suppe fertig ist, fülle sie in eine Suppenschüssel, füge die kleingeschnittenen Knoblauchzehen hinzu, einen Löffel saure Sahne und streue etwas Petersilie darüber. Iß die Suppe, solange sie noch heiß ist – aber natürlich sollst du dir nicht die Zunge verbrennen!

Alphabet

Das russische kyrillische Alphabet mit deutschen Lautentsprechungen

Für die 33 Buchstaben des kyrillischen Alphabets gibt es im Deutschen keine exakten Entsprechungen. In dieser vereinfachten Übersicht kannst du sehen, wie die einzelnen Buchstaben ausgesprochen werden (auch wenn es einige Laute im Deutschen gar nicht oder nur so ähnlich gibt). Das Härtezeichen und das Weichheitszeichen werden nicht ausgesprochen. Sie bedeuten nur, daß der vorhergehende Buchstabe »weicher« oder »härter« ausgesprochen wird.

Kyrillisch	Name des kyrillischen Buchstabens	Aussprache des Buchstabens	Kyrillisch	Name des kyrillischen Buchstabens	Aussprache des Buchstabens
А а	a	(wie in Fahrrad)	С с	s	(wie in Schloß)
Б б	b	(wie in Bibel)	Т т	t	(wie in Tee)
В в	w	(wie in Westen)	У у	u	(wie in Kuh)
Г г	g	(wie in Regen)	Ф ф	f	(wie in Familie)
Д д	d	(wie in Duden)	Х х	cha	(wie in Kuchen)
Е е	je	(wie in jeder)	Ц ц	ze	(wie in Zirkus)
Ё ё	jo	(wie in Jolle)	Ч ч	tsche	(wie in Chiquita/Tschaikowskij)
Ж ж	sh	(wie in Garage)			
З з	s	(wie in Reise/Nase)	Ш ш	sche	(wie in Schornstein)
И и	i	(wie in Lilie)	Щ щ	stscha	(wie in Chinese/Schirm)
Й й	i	(wie in Teddy)	ъ	twjordij snag;	Härtezeichen, keine Entsprechung im Deutschen
К к	k	(wie in Koffer)			
Л л	l	(wie in kalt)	Ы ы	jery	(ähnlich wie in Müll)
М м	m	(wie in Mann)	ь	mjachkij snag;	Weichheitszeichen, keine Entsprechung im Deutschen
Н н	n	(wie in Mond)			
О о	o	(wie in Otter)			
П п	p	(wie in Pauke)	Э э	e	(wie in Elektrizität)
Р р	r*	(wie in richtig)	Ю ю	ju	(wie in Jubiläum)
		*das r wird immer gerollt	Я я	ja	(wie in Yacht)

Russische Wörter

Deutsch	Entsprechung der russischen Aussprache	Russisch
Großmutter	babuschka [babuschka]	бабушка
Großvater	deduschka [djeduschka]	дедушка
Mutter	mama [mahma]	мама
Vater	papa [pahpa]	папа
Bruder	brat [bratt]	брат
Schwester	sestra [sistra]	сестра
Hund	sobaka [sabaka]	собака
Katze	kot [kott]	кот
Milch	moloko [malako]	молоко
Butter	maslo [maßla]	масло
Apfel	jabloko [jablaka]	яблоко
Kuchen	pirog [pirok]	пирог
Zucker	sachar [sachar]	сахар
Haus	dom [dom]	дом
Stadt	gorod [gorat]	город
Buch	kniga [kniga]	книга
Wort	slowo [slowa]	слово
Buchstabe	bukwa [bukwa]	буква
Schnee	sneg [snjek]	снег
Zahn	sub [sub]	зуб
Schule	schkola [schkola]	школа
null	nol [noll]	ноль
eins	odin [adin]	один
zwei	dwa [dwa]	два
drei	tri [tri]	три
vier	tschetyre [tschityrje]	четыре
fünf	pjat [pjatch]	пять
sechs	schest [schestch]	шесть
sieben	sem [sjem]	семь
acht	wosem [wosjem]	восемь
neun	dewjat [djewjetch]	девять
zehn	desjat [djesjetch]	десять

Russische Namen

Im Russischen gibt es von jedem Namen drei verschiedene Formen. An der Endung des Nachnamens kann man erkennen, ob es sich um eine Frau oder einen Mann handelt.

Rufname	Kosename	mit Vatersnamen	Nachname
Olga	Olja	Olga Wladimirowna	Surikowa
Iwan	Wanja	Iwan Wladimirowitsch	Surikow
Wladimir	Wolodja	Wladimir Petrowitsch	Surikow
Elena	Lena	Elena Iwanowna	Surikowa
Juri	Jura	Juri Jurjcwitsch	Jurjew
Lydia	Lida	Lydia Michailowna	Pankratowa

Jeder hat einen Rufnamen. Die Kinder werden meist bei ihren Kosenamen genannt. Die Kinder nennen die Erwachsenen bei ihrem Vornamen und dem Vatersnamen. Dieser Vatersname ist der Rufname des Vaters entweder mit weiblicher Endung bei Frauen oder männlicher Endung bei Männern. Bei Mädchen und Frauen endet der Nachname mit einem »a«. In diesem Buch werden die Personen meist nur bei ihren Rufnamen genannt, damit es nicht zu verwirrend wird.

Nachwort

Susdal

Susdal ist eine der ältesten Städte Rußlands. Erste russische Siedler und Bauern ließen sich im 10. Jahrhundert in Susdal nieder. Der Name der Siedlung wurde zum erstenmal in einem historischen Schriftstück aus dem Jahr 1024 erwähnt, als es zu einem Aufstand der Bauern gegen die herrschenden Grundbesitzer kam. Über die Jahrhunderte hat Susdal die Angriffe der Mongolen, die Eroberung durch die Polen, Feuer, Pest und Hungersnöte erlebt. Heute leben die Menschen dort hauptsächlich von der Landwirtschaft und vom Tourismus. Die ältesten Gebäude der Stadt sind über 600 Jahre alt. Jedes Jahr kommen viele Touristen aus ganz Rußland und aus dem Ausland, um die historischen Bauten von Susdal zu besichtigen.

Rußland

Rußland ist das größte Land der Welt. Mit 17,4 Millionen Quadratkilometern ist es fast 48mal so groß wie Deutschland (356 500 km^2). Es ist fast zweimal so groß wie das zweitgrößte Land der Erde, Kanada, mit 9,8 Millionen Quadratkilometern. Die Volksrepublik China, mit 9,6 Millionen Quadratkilometern, ist das drittgrößte Land. An vierter Stelle kommen die USA mit 9,3 Millionen Quadratkilometern. In Rußland leben 150 Millionen Menschen, mehr als 10 Millionen davon allein in Moskau, der elftgrößten Stadt der Welt.
Rußland besitzt die größten bisher ungenutzten Erdöl- und Erdgasvorkommen. Sibirien und der Osten Rußlands verfügen über enorme Gold-, Platin-, Aluminium- und Uranvorkommen. Der Baikalsee in Sibirien ist über 1,6 Kilometer tief und über 600 Kilometer lang. Er ist der tiefste Süßwassersee der Erde. Nach der Legende beginnt die Geschichte Rußlands im Jahre 862 n.Chr. in Nowgorod. Auf Russisch bedeutet Nowgorod »neue Stadt«. Im 10. Jahrhundert fing das Christentum an, sich in Rußland auszubreiten.
Iwan IV. (Iwan der Schreckliche) war der erste russische Zar und gilt als Gründer des russischen Staates. Unter den folgenden Herrschern wie Peter dem Großen (1689–1725), Katharina der Großen (1762–1796), Alexander II. (1855–1881) und Nikolaus II. (1894–1917) dehnte sich Rußland bis nach Polen, bis zur Krim, nach Zentralasien und bis zum Pazifik aus.
Am 25. Oktober 1917 wurde die Regierung durch die Bolschewiken, angeführt von Wladimir Iljitsch Uljanow, besser bekannt als Lenin, und Leon Trotzki, gestürzt (der Feiertag am 7. November erinnert noch heute daran). In der neuen Regierung übernahm die Kommunistische Partei unter dem Vorsitz von Lenin die Macht.
Die Union der Sozialistischen Sowjetrepubliken (UdSSR), kurz Sowjetunion genannt, wurde am 30. Dezember 1922 gegründet. Sie bestand neben Rußland aus 14 weiteren Republiken, darunter Armenien, Aserbaidschan, Weißrußland, Estland, Georgien, Kasachstan, Kirgisien, Lettland, Litauen, Moldawien, Tadschikistan, Turkmenistan, Ukraine und Usbekistan. Nach dem Tod Lenins am 21. Januar 1924 kam Joseph Stalin an die Macht. Er blieb bis zu seinem Tod am 6. März 1953 im Amt.
Auf ihn folgten nach Malenkow, der die Staatsführung am Todestag Stalins übernommen hatte, Chruschtschow, Breschnew, Andropow, Tschernenko, Gorbatschow und schließlich Jelzin. Unter Gorbatschow begann die Sowjetunion, sich vom Kommunismus zu lösen, und entwickelte sich zu einer Demokratie. Im August 1991, nach einem gescheiterten Staatsstreich von Anhängern der alten Kommunistischen Partei gegen Gorbatschow, beschloß das neue russische Parlament, die Sowjetunion aufzulösen und die Kommunistische Partei zu entmachten. Die Gemeinschaft unabhängiger Staaten (GUS), die daraufhin im Dezember 1991 gebildet wurde, ist ein wirtschaftlicher Zusammenschluß von Einzelstaaten oder Republiken mit jeweils eigener Regierung. Sie besteht neben Rußland aus zehn ehemaligen Sowjetrepubliken. Boris Jelzin wurde 1991 zu ihrem ersten Präsidenten gewählt.

Die Menschen in Rußland

»Das Leben hier ist sehr hart...«
Das waren die Worte eines alten Mannes mit abgetragenem Mantel, als er beobachtete, wie ich auf dem Markt in Susdal an einem kalten Herbstabend Fotos machte. Der eisige Wind wirbelte feine Schneeflocken um uns herum auf. Er kam zu mir herüber, sah mich an und drohte mit erhobenem Finger in die Luft: »Das

Leben hier ist sehr hart...« Er nickte zweimal nachdrücklich und ging dann in der Dämmerung davon.

Unter der jahrzehntelangen Diktatur des kommunistischen Regimes hatten die Menschen gelernt, Fremden zu mißtrauen, vor allem Fremden, die viele Fragen stellten und Fotos machen wollten. Niemand wagte zu sagen, wie es wirklich war. Der KGB, der russische Geheimdienst, hatte seine Spitzel überall. Und Kritik war nicht erlaubt – oft verschwanden Leute, die etwas gegen die Regierung gesagt hatten, über Nacht und tauchten nie wieder auf. Aber das ist jetzt Vergangenheit. Die Menschen haben sich verändert, sie gewöhnen sich langsam wieder daran, daß sie keine Angst mehr zu haben brauchen, ihre Meinung zu sagen.

Nachdem der Staat jahrzehntelang die Preise diktiert hatte, mußten die Menschen lernen, mit den Gesetzen einer freien Marktwirtschaft umzugehen. Die ersten Versuche hatten verheerende Auswirkungen. Ladenbesitzer, denen die Regierung jahrelang vorgeschrieben hatte, welchen Preis sie für ihre Wurst verlangen durften – vielleicht zwei Rubel für ein Kilo –, hatten jetzt die Freiheit, ihre Preise selbst zu bestimmen. Über Nacht schossen daraufhin die Preise in die Höhe, vielleicht auf bis zu 200 Rubel für ein Kilo, also zehnmal soviel wie vorher. Und da die Ladenbesitzer jetzt das Recht hatten, die Preise frei festzulegen, konnte niemand etwas dagegen tun. Aber die Menschen, die immer noch genausoviel verdienten wie vorher, konnten sich plötzlich keine Wurst mehr leisten. Niemand konnte die Wurst kaufen, sie blieb im Geschäft liegen, bis sie verdorben war und weggeworfen werden mußte. Als dann die neuen Lieferungen kamen und die Preise wieder sanken, konnten die Leute wieder Wurst kaufen. Und so ging es am Anfang mit allen Sachen: Zuerst schnellten die Preise für die Waren in die Höhe, dann sanken sie allmählich wieder. Trotzdem blieben die Preise zehn- manchmal auch zwanzigmal so hoch wie vorher.

Mit dem Kapitalismus kam die Inflation. Kurz nachdem die erste große Preiswelle wieder die Talsohle erreicht hatte, wurde plötzlich alles wieder teurer. Als der russische Wirtschaftsmarkt für ausländische Währungen geöffnet wurde, flossen so viel Deutsche Mark, Amerikanische Dollar und Englische Pfund ins Land, daß der Rubel immer mehr an Wert verlor. Vor den wirtschaftlichen Reformen konnte man für einen Rubel genausoviel kaufen wie für eine D-Mark. Nach den Reformen sank der Wert des Rubel in den Keller. Was vorher einen Rubel kostete, war plötzlich 25 Rubel wert, dann 50 Rubel. Ende 1992 waren es 200 Rubel, Anfang 1993 350, dann 400 Rubel. Viele russische Familien konnten sich nicht einmal mehr Lebensmittel kaufen. Für viele, die immer schon einen kleinen Garten gehabt hatten, wurde er jetzt lebensnotwendig. Den Menschen auf dem Land oder in kleinen Städten wie Susdal, wo es fruchtbaren Boden gibt, ging es besser als denen in Moskau, wo es überhaupt keinen Platz für Gärten gibt. Auf dem Schwarzmarkt wurden gestohlenes Obst und Gemüse verkauft, das nur halb so teuer war wie in den privaten Geschäften. Junge Familien wie die Surikows versuchen, so gut es geht, mit diesen schwierigen Bedingungen fertigzuwerden. Neben seiner Arbeit als Tischler lackiert und repariert Wladimir Autos, um etwas Geld dazuzuverdienen. Elena arbeitet mehrere Tage in der Woche in einem Hotel, um zusätzliches Geld für Lebensmittel zu verdienen. Die Kinder bekommen nur selten neue Sachen zum Anziehen. Fleisch ist so teuer, daß es ein Luxus geworden ist, den sich die Familie kaum leisten kann. Die Menschen sind von den Reformen enttäuscht. Viele wünschen sich die alten Zeiten unter der kommunistischen Regierung zurück. Damals hatten wir wenigstens genug zu essen, sagen sie. Und vergessen dabei die vielen Menschen, die über Nacht von Unbekannten aus ihren Häusern geholt wurden und für immer verschwanden, weil sie vielleicht gewagt hatten, öffentlich ihre Meinung zu sagen.

Demokratie, wirtschaftliche Reformen, eine neue Regierung: Das alles steht im Moment in Rußland noch auf sehr wackeligen Beinen. Niemand weiß heute, wie es weitergehen wird, ob die Reformen sich durchsetzen werden, oder ob sie irgendwann wieder einer neuen kommunistischen Regierung weichen werden.

> Dieses Buch entstand in Rußland in einer Phase des Umbruchs und der Erneuerung. Immer noch entwickeln und verändern sich die Dinge dort mit rasender Geschwindigkeit, so daß dieses Buch nur einige historische Momentaufnahmen der Perestroika liefern kann.

Dank

Mein besonderer Dank gilt allen, die an diesem Buch mitgeholfen haben:
Ich danke vor allem den Surikows, Olga, Iwan, Elena und Wladimir, für ihre Herzlichkeit, für ihre Geduld und Offenheit;
Ljubow Iwanowna und Iwan Fjedorowitsch Baljigin, Lenas Eltern, und Nina Alexandrowna Surikowa, Wladimirs Mutter;
meiner Übersetzerin, Assistentin und besten Freundin in Rußland, Mila Jurastowa, und ihrem Mann Wladimir, meinem Backgammonpartner;
Anna Jakunina, Milas Mutter, die mir sehr geholfen hat und eine besondere Gabe besitzt, verschlossene Türen zu öffnen;
Irina Saharuschkina, die mir bei den Aufnahmen im Krankenhaus geholfen hat;
dem Chefarzt der Chirurgie, Andrej Wasilewitsch; Natalia Boltuschkina, der Chefärztin der Entbindungsstation;
Oleg Petrow, dem Bürgermeister von Susdal, für all seine Hilfe »hinter den Kulissen«; Leutnant Walerij Semenow, dem Polizeichef; Nikolai Krajnow, dem Polizeibeamten;
Juri Jurjewitsch Jurjew, dem Glöckner aus dem Kloster von Susdal; Lydia Pankratowa, Olgas Lehrerin;
Bischof Walentin, der mir erlaubte, in vielen wunderbaren Kirchen zu fotografieren;
Sophia Timophewa, Präsidentin von INTELLECTOUR Rußland, die mir geholfen hat, eine russische Familie zu finden;
Wladimir Masenkow von Aeroflot;
allen lieben und hilfsbereiten Menschen in Susdal;
Cynthia Dickstein und OASES Inc. (früher die Gesellschaft für amerikanisch-sowjetischen Austausch), die die Kontakte zu den richtigen Leuten in Rußland hergestellt hat;
Dianne Hess, für ihr Vertrauen in meine Arbeit und ihre hervorragende redaktionelle Betreuung; ihrer Assistentin Tracy Mack, die uns sehr dabei geholfen hat; Marijka Kostiw für die wunderschöne Gestaltung und das Layout dieses Buches;
Heidi Bradner, die mir großzügig ihre Wohnung in Moskau zur Verfügung gestellt hat;
Mark Sullivan, Chefredakteur der *Cape Cod Times*, der mich schon früh auf den richtigen Weg gebracht hat;
Brian Belcher und dem Team vom Photo Express Image Center, Anchorage, für ihre hervorragende technische Unterstützung;
Mark Dolan, Paul Souders, Evan R. Steinhauser und Doug Van Reeth, die geholfen haben, unzählige Fotos zu entwickeln;
Xana Blank von der Russischen Fakultät der Columbia University für ihre fachmännische Durchsicht des Manuskripts;
Thérèse, für alles Übrige.

Zu den Fotos

Die Fotos in diesem Buch wurden mit Nikon F4 und FM2 Kameras aufgenommen, mit 20mm, 55mm, 85mm, 180mm und 300mm Objektiven. Einige Fotos wurden mit einem Norman 400B Batterie-Blitz mit Quantum-Fernauslöser aufgenommen. Außerdem habe ich für einige Aufnahmen eine kleine Olympus-XA-Kamera benutzt. Alle Fotos wurden mit Fujichrome-Film, mit 50 oder 100 ASA, aufgenommen.

Dieses Buch widme ich Tony Dillon, Michael Dinneen, Mark Dolan, Al Grillo, Rob Layman, David Poller, Evan R. Steinhauser und Doug Van Reeth, dem einzigartigen Fototeam der ANCHORAGE TIMES.

1. Auflage 1995
Alle deutschen Rechte bei Carlsen Verlag GmbH, Hamburg
Copyright für Text und Fotos © 1994 by Russ Kendall
Originalverlag: Scholastic Inc., New York
Originaltitel: RUSSIAN GIRL – LIFE IN AN OLD RUSSIAN TOWN
Lektorat: Anke Knefel
Satz: Dörlemann-Satz, Lemförde
ISBN 3-551-14125-8
Printed in Belgium